Die Rettung der Dynastie

Unterwerfung der Wirklichkeit

Bonusnovelle von

Michael Atamanov

MAGIC DOME BOOKS

Andere Bücher von Michael Atamanov:

Unterwerfung der Wirklichkeit LitRPG-Serie:
Countdown
Bedrohung aus dem All
Spielwende
Weltengeflecht

Kräutersammler der Finsternis LitRPG-Serie:
Der Videospieltester
Hart am Wind
Falle für den Herrscher
Streben nach Verkörperung

Die Rettung der Dynastie

U M DIE FOLGENDEN EREIGNISSE zu verstehen, müssen wir zunächst eineinhalb Jahre zurückblicken. Damals veränderte sich die Welt, wie wir sie kannten, durch DAS SPIEL für immer. Ein aufdringliches Pop-up erschien plötzlich vor den Augen von Computernutzern auf der ganzen Welt und spielte einen nervtötenden Videoclip ab. Es zeigte einen mit dickem Fell bedeckten Humanoiden, der wie Bigfoot aussah und zur Begrüßung mit einer Krallenpfote winkte. Mit starkem Akzent las diese Kreatur in der entsprechenden Landessprache überall denselben Text vor:

Bewohner der Erde, die Zivilisation Shiharsa erklärt ihre durch das Recht der

Erstentdeckung erworbene Autorität und Gerichtsbarkeit über euren Planeten. Wir werden eurer Welt einen Tong lang Sicherheit gewähren. Das Schicksal der Menschheit hängt allein davon ab, wie ihr diese Zeit nutzt. Ihr habt nun genügend Fortschritte als Spezies gemacht und dürft an dem großen Spiel teilnehmen, dem Spiel, das die Wirklichkeit unterwirft. Spielt also und verdient euch euren rechtmäßigen Platz an der Seite der großen Rassen der galaktischen Raumfahrt!

Danach folgten Bilder von seltsamen Diagrammen und Blaupausen, dann endete der 50 Sekunden lange Clip, und das Pop-up-Fenster schloss sich. Ein dummer Streich? Irgendein seltsamer Trick von „russischen Hackern", die in jener Zeit gern für alle Arten von Fehlschlägen verantwortlich gemacht wurden? Eine aufdringliche Werbung für ein Computerspiel, das bald erscheinen würde?

Die Wahrheit erwies sich als etwas viel Schockierenderes: Tatsächlich hatte mit diesem Video der ERSTE KONTAKT der Menschheit mit einer hoch entwickelten interstellaren Zivilisation, den Geckho, stattgefunden! Die Blaupausen am Ende des Videos zeigten im Detail die Bauweise einer Virtual-Reality-Kapsel, die es den Menschen ermöglichen würde, in ein geheimnisvolles virtuelles Spiel einzutreten. Alle

Ereignisse und Handlungen in diesem Spiel hatten Auswirkungen auf die wirkliche Welt. Die im Spiel erhaltenen Technologien bereicherten das Wissen der Menschheit, und die im Spiel entworfenen Geräte funktionierten in der Realität genauso gut wie in der virtuellen Welt. Wenn ein todkranker Mensch einen Charakter im *Spiel, das die Wirklichkeit unterwirft*, erstellte, wurde seine Krankheit sofort geheilt.

Aber auch die Probleme im Spiel hatten durchaus reale Konsequenzen. Eines davon war die Tatsache, dass die Menschen unserer Wirklichkeit anscheinend nicht die einzigen waren, die die Erde als ihren Heimatplaneten betrachteten. Der Dunkle Bruch war technologisch fortgeschrittener und im Gegensatz zur Menschheit unserer Welt nicht in verschiedene, oft untereinander verfeindete Länder aufgeteilt. Außerdem enthielt ihr Waffenarsenal neben fortschrittlicher Technologie auch tödliche Magie ...

Diese Geschichte bietet einen Einblick in die Ereignisse der *Reality-Benders*-Reihe aus der Sicht des Dunklen Bruchs. Die Geschehnisse haben sich während des ersten Buches, *Countdown*, ereignet.

Pa-lin-thu, Hauptstadt der Ersten Präfektur
Palast des Mitregenten Thumor-Anhu La-
Fin
Gemächer der Prinzessin

„DIE BIFURKATION DES Raums ist ein sehr seltenes, metastabiles Ereignis. Wir haben nach wie vor nicht einmal annähernd verstanden, wie unsere Vorfahren eine solch grandiose Leistung vollbringen konnten. Ohne jeden Zweifel war es eine äußerst kostspielige Angelegenheit. Wir wissen jedoch sehr wohl, was unsere alten Herrscher zu einem so schwierigen und riskanten Schritt zwang – Angst und Hass auf die dummen, ungebildeten Massen, die nichts verstehen oder akzeptieren wollten, was in irgendeiner Weise mit Magie zu tun hatte."

Der alte, grauhaarige Zauberer, der diese Worte gesprochen hatte, trug ein dunkles, bodenlanges Gewand. Er wandte seine fast blinden Augen vom Nachthimmel ab und öffnete entschlossen das Fenster. Der imposante Magier, der in allen, denen er begegnete, blankes Entsetzen auslöste, wirbelte herum, um sichergehen, dass seine Worte die Ohren seines einzigen Zuhörers erreicht hatten - ein hochgewachsenes, schlankes Mädchen in einem figurbetonten, hellen Kleid, das gerade versuchte, eine besonders widerspenstige Strähne ihres silberweißen Haares zu zähmen. Dem schönen Mädchen fiel es schwer, die silberne Bürste zu halten. Ihre linke Hand steckte in einem Gipsverband. Sie hätte leicht ein Dienstmädchen bitten können, ihr die Haare zu machen, doch Prinzessin Minn-O La-Fin zog es vor, es heute selbst zu tun.

Der große Zauberer, einer der drei Mitregenten der Menschheit, las ohne jede Anstrengung die Gefühle seiner geliebten Enkelin: Sie war immer noch wütend auf ihn und schmollte über ihren gebrochenen Arm und den Tod ihrer Freunde. Der alte Mann betrachtete den Gips an ihrem Arm und zuckte vor Schmerz selbst ein wenig zusammen. Leider hatte es so kommen müssen. Die „kleine Dosis Schmerz" war für Prinzessin Minn-O gleichzeitig Bestrafung, Probe und Rettung. Hätte ihr Großvater und Regent diese qualvolle Strafe nicht verhängt, hätten der Prinzessin viel schlimmere Konsequenzen gedroht. Ihr hatte ein Denkzettel verpasst werden müssen. Wie hatte sie nur auf die Idee kommen können, im Spiel vier Geckho auf einer Seefähre zu töten? Wie konnte sie überhaupt an so etwas denken? Der Angriff auf Mitglieder der großen Geckho-Rasse, der mächtigen Herren und Beschützer der Menschheit im *Spiel, das die Wirklichkeit unterwirft*, war ein abscheuliches Verbrechen. Die Reaktion der Oberherren darauf hätte hart und unvorhersehbar ausfallen können. Sie hätten sämtliche Mitglieder der von Thumor-Anhu La-Fin geführten Fraktion im virtuellen Spiel vernichten oder die gesamte Menschheit in der wirklichen Welt auslöschen können.

Er hatte sich gezwungen gesehen, die Initiative zu ergreifen, um die wütenden Geckho zu beschwichtigen. Zwei von Minn-O La-Fins Dienern, treue Freunde und Lakaien der Prinzessin seit ihrer Kindheit, die ebenfalls an dem Angriff auf die Geckho teilgenommen hatten, hatten in der realen Welt den Kopf verloren. Das war sowohl als Strafe für das Verbrechen geschehen, als auch, um unerwünschte Zeugen zum Schweigen zu bringen und so die Enkelin des Mitregenten vor Schaden zu bewahren. Minn-O hatte bei der Hinrichtung ihrer guten Freunde zusehen müssen. Das sollte die junge Prinzessin abhärten und das hitzköpfige Mädchen daran hindern, in Zukunft weitere fatale Entscheidungen dieser Art zu treffen.

Nun, die offizielle Geschichte, an die sich die Fraktion in allen Gesprächen mit den Oberherren hielt, war eine andere: „Minn-O La-Fin wusste nichts von den Plänen ihrer Diener und hatte nichts mit dem Angriff auf die Geckho zu tun."

Damit gab es nur noch einen Zeugen der blutigen Ereignisse auf der Fähre. Ein Prospektor namens Nat aus der feindlichen Human-3-Fraktion, der aus jenem Paralleluniversum stammte, von dem sich die Edlen der La-Fin-Fraktion schon vor langer Zeit abgewandt hatten. Nat hatte sich bereits zuvor in die Angelegenheiten des großen Magiers eingemischt und wurde mit jedem Tag zu einer größeren Bedrohung. Also wollte Thumor-Anhu das Gespräch an diesem Abend auf das Thema Nat zu bringen. Die Frage war nur, wie. Er durfte es nicht so offensichtlich machen, dass Minn-O Verdacht schöpfte.

Währenddessen war die Prinzessin in Gedanken versunken, dennoch bemerkte sie, dass ihr furchterregender Großvater verstummt war, drehte sich um und sah ihn an. „Entschuldigung, ich war abgelenkt. Es ist nur so, dass mein Arm sehr schmerzt ...“

Eine glatte Lüge. Das Medikament, das ihr unmittelbar nach der Hinrichtung ihrer Freunde injiziert worden war, hätte jedes Schmerzempfinden ausschalten müssen. Auch in ihren Emotionen konnte der alte Mann keine körperlichen Schmerzen erkennen. Doch war es nicht der richtige Zeitpunkt, seiner Enkelin diese Lüge vorzuwerfen.

Thumor-Anhu La-Fin setzte seine Rede

fort: „Du hörst mir nicht zu, Minn-O, dabei versuche ich gerade, dir etwas über sehr wichtige Ereignisse in der fernen Vergangenheit zu erzählen, die in unserer Zeit relevant sind!“

Die Enkelin des alten Magiers demonstrierte weiterhin ihren schwierigen Charakter, indem sie keinen Hehl aus ihrem völligen Desinteresse an dem ernsten Thema machte, das ihr einflussreicher Großvater zur Sprache gebracht hatte.

„Thumor-Anhu, wenn du mir wieder die Geschichte von der uralten Spaltung der Welt in eine magische und eine nichtmagische Hälfte erzählen willst, kannst du dir das sparen. Davon hast du mir bereits berichtet, als ich das erste Mal Menschen aus dem Paralleluniversum im Spiel getroffen habe. Ich habe schon damals nicht verstanden, warum wir diese längst vergessene Feindseligkeit fortsetzen und mit den Fraktionen der anderen Erde in den Krieg ziehen müssen, und ich verstehe es immer noch nicht. Unsere Vorfahren hatten also Angst um ihre Macht und schotteten sich von den Menschen ohne Magie ab. Ist das jetzt eine so unüberwindbare Barriere?“

Das waren gefährliche Worte, die an Ketzerei grenzten! Sie rüttelten an den Grundgesetzen, die besagten, dass nur weise, gerechte Magier von Natur aus dazu bestimmt waren, über die ungebildeten, feigen Massen zu herrschen. Hätte Mitregent Thumor-Anhu solche Aussagen von jemandem gehört, den er nicht kannte, hätte er diese Person, ohne mit der Wimper zu zucken, zermalmt! Seine Enkelin aber war ein viel komplizierterer - und bedauerlicher - Fall.

Die magischen Fähigkeiten der uralten La-Fin-Dynastie, ein Clan von Erbmagiern und Herrschern, deren Wurzeln irgendwo in den geheimnisvollen Tiefen der Unendlichkeit lagen, waren aus irgendeinem Grund mit Thumor-Anhu zu Ende gegangen. Keines seiner drei Kinder hatte die magischen Fähigkeiten ihres großen, mächtigen Erzeugers geerbt. Darüber hinaus waren seine beiden Söhne während eines militärischen Feldzugs zur Befriedung eines Hungerstreiks in der Neunten Präfektur blutjung gestorben. Beide waren ohne Nachkommen geblieben.

Der große Magier hatte jedoch noch ein weiteres Kind, eine Tochter namens Onessa-Rati La-Fin. In den letzten Wochen ihrer Schwangerschaft war sie einem Terrorakt im Palast des Mitregenten zum Opfer gefallen, den ein fanatischen Selbstmordattentäter und antimagischer Partisane verübt hatte. Trotz der Bemühungen der besten Ärzte und Magierheiler, trotz der unendlichen Flüsse magischer Energie, die man über sie ergossen hatte, und trotz der seltenen, wertvollen Heilungselixiere war Onessa-

Rati gestorben. Dabei hatte sie eine frühgeborene Tochter hinterlassen, der sie noch kurz vor ihrem Tod einen Namen gegeben hatte: Minn-O, was so viel wie „letzte Hoffnung" bedeutete. So war die einzige verbleibende Nachfolgerin der alten, magischen La-Fin-Familie Prinzessin Minn-O. Im Alter von 18 Jahren hatte sie aber immer noch keine Anzeichen für magischen Fähigkeiten gezeigt.

Der große Magier Thumor-Anhu war schon weit über 170 Jahre alt und musste nun seine ganze Hoffnung in Minn-Os zukünftige Kinder setzen, obwohl der Traum von einem La-Fin-Erben, der die magischen Künste beherrschte, mit jeder Generation weiter verblasste. Dennoch liebte der alte Magier seine einzige Enkelin, die in jeder Hinsicht die letzte Hoffnung der Dynastie war, mehr als sein eigenes Leben. Er liebte sie auf seine ganz eigene Art und Weise und schützte sie vor jeder Gefahr. Und nun erhob der alte Mann trotz der aufwieglerischen Worte der Prinzessin nicht einmal seine Stimme und versuchte stattdessen, ihr die Dinge geduldig zu erklären.

„Du hast unrecht, Minn-O. Es war keine rein hypothetische Bedrohung ihrer Macht und Autorität, vor der die alten Magier Angst hatten. Sie sahen sich einer echten Gefahr für ihr eigenes Leben und das ihrer Kinder gegenüber. Es war die Sorge um ihre Liebsten, die die mächtigsten Zauberer dazu zwang, den von ihnen kontrollierten Teil der Welt ‚abzuschneiden', ihn in einen Kokon zu stecken und mit einer unüberwindlichen Mauer vom feindlichen Pöbel abzuschotten. Ihre Ängste waren alles andere als unberechtigt! Je mehr wir über die Parallelwelt erfahren, desto besser verstehen wir die alten Magier, die mit dieser schrecklich ungebildeten Gesellschaft nichts zu tun haben wollten. Menschenopfer, Inquisitionen, Magierjagden, Verbrennung auf dem Scheiterhaufen wegen des geringsten Verdachts auf magische Fähigkeiten ..."

„Davon gab es auch in der Geschichte unserer Welt genug", warf die Prinzessin trocken ein. „Schließlich ist es den magischen Familien nur gelungen, ihre Macht zu erhalten, indem sie jeden Aufstand in Blut ertränkt haben. Sie haben auch all jene aufgespürt, die die ‚ketzerische Idee' befürworteten, dass eine Person ohne magische Fähigkeiten in der Lage sein könnte, zu herrschen. Und sie haben jeden derartigen Versuch gewaltsam vereitelt. Aber ich habe immer noch keine Antwort auf meine Frage erhalten. Warum können wir nicht im *Spiel, das die Wirklichkeit unterwirft,* mit den Menschen aus der anderen Welt koexistieren? Warum sind wir solch erbitterte Feinde und versuchen nicht einmal, eine Einigung zu erzielen?"

Der alte Mann bemühte sich, die brandgefährlichen Worte der Prinzessin zu überhören. Er ließ sie ihre Tirade beenden, erst dann schüttelte er vorwurfsvoll den Kopf.

„Du hörst mir nicht zu, Minn-O. Ich habe gesagt, dass die von den alten Magiern geschaffene Bifurkation instabil ist, und das Universum versucht, unseren Teil des Raumes wieder zu einer Realität zusammenzubringen, indem es den zweiten Teil ins Nichts stürzt. Ja, einst konnten unsere beiden unabhängigen, sich nicht überschneidenden Welten nebeneinander existieren, aber nachdem die Menschheit auf die Geckho traf und in das *Spiel, das die Wirklichkeit unterwirft*, eintrat, hat sich alles geändert. Wir haben eine virtuelle Welt entdeckt, die beide Realitäten direkt beeinflusst. Und nachdem sie die Spielregeln studiert und die weisen Geckho befragt haben, erkannten unsere Magieranalytiker schnell, dass die Version der Menschheit, die sich im Spiel die Herrschaft über die Erde sichert, die einzige sein wird, die im wirklichen Universum überlebt, während ihre Gegner im Feuer der Erinnerung, der Mythen und alten Geschichten verglühen werden. Und genau aus diesem Grund können wir nicht mit der Human-3-Fraktion oder einer anderen Fraktion aus der alternativen Welt koexistieren. Entweder sie oder wir! Das ist das Gesetz! Und wir müssen dieses Problem so schnell wie möglich lösen. Noch bevor der Sicherheitstong, den die Oberherren uns gewährt haben, verstrichen ist.

Eine gespaltene Menschheit wäre ansonsten nicht in der Lage, die Invasion aus dem Weltraum durch außerirdische Feinde abzuwehren."

Die schöne Prinzessin hatte ihrem scharfsinnigen Großvater nichts entgegenzusetzen und wandte sich wieder ihrem Spiegelbild zu, wobei sie erbittert und tief in Gedanken auf ihrer Unterlippe herumkaute.

Thumor-Anhu La-Fin beschloss, dass dies eine günstige Gelegenheit war, das sensibelste Thema anzusprechen, nämlich die Beziehung seiner Enkelin zum erfolgreichsten Spieler der gegnerischen Fraktion, dem Prospektoren Nat. Denn zu seiner Überraschung hatte der alte Magier in den Gedanken der Prinzessin Gefühle entdeckt, die er niemals von ihr erwartet hätte. Schon gar nicht, wenn es um einen Feind ging. Er hatte Bewunderung, Respekt, Dankbarkeit und sogar so etwas wie romantische Faszination gelesen. Diese Gefühle könnten jederzeit in Zärtlichkeit oder sogar Liebe übergehen! Vorgestern war der alte Magier angesichts dieser Tatsache so erschrocken, dass er nicht die Kraft gefunden hatte, sich sofort damit auseinanderzusetzen. Zwei Tage lang hatte Thumor-Anhu La-Fin über dieses unerwartete Problem nachgedacht und sich auf das schwierige Gespräch mit der Prinzessin vorbereitet. Und nun war der Moment gekommen.

„Minn-O, ich sehe keinen besonderen Grund, sich über den Ausgang des Konflikts Sorgen zu machen. Unsere Fraktion im Spiel schreitet wesentlich schneller und erfolgreicher voran als die der Parallelwelt. Wir haben bereits doppelt so viele Spieler, und unser durchschnittliches Level ist fast so hoch wie das ihrer Spieler. Ich gebe gern zu, dass dem Feind viele Berufssoldaten zur Verfügung stehen, die ihre Fähigkeiten in den unzähligen Konflikten ihrer rauen Welt erprobt haben. Das spüren wir auch. Wir haben jedoch eine besser entwickelte Industrie, eine stabilere Wirtschaft, fortschrittlichere Technologien und mehr tödliche Waffen. Die mir anvertraute Fraktion gewinnt schnell an Stärke, und bald werden wir in der Lage sein, den Feind zu vernichten. Aber nur, wenn uns ein unberechenbarer Faktor nicht in die Quere kommt …“ Der alte Mann verstummte, bevor er seinen Satz beendet hatte.

Die Prinzessin stellte die vorhersehbare Frage, welchen „Faktor“ ihr Fraktionsvorsitzender meinte.

„Nat“, sagte der große Magier mit Nachdruck.

„Nat?“, fragte die Prinzessin erstaunt. „Aber Nat ist bereits mit einem Raumschiff der Geckho abgereist! Großvater, du warst empört, dass er der einzige Mensch ist, den unsere Oberherren in den Kosmos fliegen lassen, während es anderen nicht gestattet ist, selbst wenn sie sehr große Summen Geld bieten. Jetzt, nachdem du einen so hohen Preis auf seinen Kopf ausgesetzt hast, glaube ich nicht, dass er jemals wieder zurückkommen wird!"

„Trotzdem ist und bleibt es so! Unser Informant hat uns darüber in Kenntnis gesetzt, dass Nat zurückkommen wird, und zwar nicht mit leeren Händen. Beim letzten Mal hat er von seiner Reise zu den Sternen eine große Anzahl wertvoller Blaupausen und eine beträchtliche Menge an Weltraumwährung mitgebracht, was die Human-3-Fraktion deutlich gestärkt hat. Und dieses Mal wird Nat laut unserem Agenten wohlhabende Weltraumhändler zur Erde bringen, die bereit sind, wertvolle Ressourcen von unseren Feinden zu kaufen und ihnen High-Tech-Waffen und Ersatzteile zu verkaufen. Wenn das passiert, könnte unsere gesamte Strategie, die Human-3-Fraktion zu isolieren und ihren Handel mit den Oberherren zu behindern, ins Leere laufen. Das muss verhindert werden! Und, Minn-O, ich möchte, dass du diejenige bist, die die Kampfgruppe leitet!"

Die Enkelin des alten Magiers ließ sich für ihre Antwort Zeit. Aber dann, bevor sie zustimmte oder ablehnte, sah sie ihren Großvater an. „Thumor-Anhu, dir ist meine Bilanz im Kampf gegen Nat bewusst. Ich will nicht sagen, dass ich kein Vertrauen in meine eigenen Fähigkeiten habe, aber in der Vergangenheit hat Nat es jedes Mal geschafft, die Oberhand über mich zu gewinnen. Und nicht nur das. Er hat mich immer wieder in eine peinliche, unangenehme Situation gebracht. Als er mich zum dritten Mal gefangen genommen hat, sagte Nat - entweder scherzhaft oder vielleicht meinte er es auch ernst -, dass er, sollten wir erneut zusammentreffen, zu dem Schluss kommen müsste, dass ich ihn absichtlich treffen wollte, um eine romantische Beziehung zu beginnen ...“

Als ob der große Magier das nicht wüsste! Die Spielkarriere seiner Enkelin – im Spiel eine Kartografin, die ausgezeichnet mit Waffen umgehen konnte, eine talentierte Wache und eine erstklassige Späherin war – war wegen dieses feindlichen Kämpfers aus den Fugen geraten. Vor nicht allzu langer Zeit hatte Minn-O La-Fin noch als eine der erfolgreichsten, stärksten Spielerinnen der Fraktion gegolten. Sie war risikofreudig und hatte viele waghalsige Angriffe tief im feindlichen Gebiet geführt und dabei äußerst wertvolle Informationen gewonnen. Aber ihr erstes Treffen mit Nat, der damals nichts weiter als ein blutiger Anfänger gewesen war, hatte mit der Entdeckung des geheimen Beobachtungspostens von Minn-O La-Fin und der Gefangennahme der Prinzessin geendet. Von ihrer Demütigung ganz zu schweigen. Danach schien es, als ob etwas in ihr gestorben wäre und all ihre Leichtigkeit und ihr Selbstbewusstsein zerstört hätte. Sie war plötzlich wie vom Pech verfolgt. Die fatale Niederlage des Geschwaders des alten Magiers in einer Schlacht im Harpyiengebirge war eine unnötige, bittere Bestätigung dieser Tatsache.

Nat hingegen schien eine Glückssträhne zu erleben. Er hatte sich gegenüber der verletzten Minn-O edelmütig verhalten, hatte ihr geholfen und das Mädchen freigelassen. Danach war die Sache auf der vermaledeiten Fähre passiert ... Ein Feuergefecht in einem schrecklichen Sturm in der Nacht, vier tote Geckho an Bord und ein Team von drei perfekt miteinander koordinierten Soldaten gegen einen einzelnen Nat. Und nach diesem erfolglosen Kampf hatte der Prospektor, der wieder einmal die Oberhand gewonnen hatte, sie mehr als herablassend behandelt, hatte seine Gefangene zwischen den blutüberströmten Geckho-Leichen geküsst und versprochen, dass ihre Romanze weitergehen würde, falls sie sich wieder treffen sollten. Damit war Minn-O ein für alle Mal gebrochen. Nicht einmal die „kleine Dosis Schmerz" hatte ihr eine Regung entlocken können. Sie hatte das Vertrauen in ihre eigenen Fähigkeiten verloren.

„Minn-O, du brauchst das, mehr als alles andere. Du bist diejenige, die diesen lästigen Rivalen besiegen muss. Dann erlangst du auch deine Leichtigkeit und deinen Mut zurück, die dich einst von allen anderen Spielern unserer Fraktion unterschieden haben."

Die Prinzessin überlegte, nickte dann entschlossen und nahm den Vorschlag ihres Großvaters an.

„Wunderbar! Unser Agent hat uns bereits den genauen Ort genannt, an dem das Handelsraumschiff landen wird. Wir wissen auch, welche Streitkräfte der Human-3-Fraktion Nats Schiff in Empfang nehmen werden. Minn-O, ich werde dir genügend Soldaten zur Verfügung stellen, um den Erfolg dieser Operation zu garantieren. Überstürze nur nichts. Lass zuerst das Handelsschiff wieder abheben, damit nicht versehentlich Geckho verletzt werden. Dann können wir beginnen! Aber vergiss nicht die oberste Priorität. Es geht um die große Menge Geld in Geckho-Währung, die unsere Feinde für ihre Waren erhalten werden. Diese Millionen Kristalle dürfen unter keinen Umständen ihr Ziel erreichen! Nat ist dann lediglich ein netter Bonus, mein Geschenk an dich. Versuche, ihn gefangen zu nehmen. Falls du das nicht schaffst, töte ihn einfach!"

Virtuelle Erde
Spielknotenpunkt „Gestade".
Gebiet der NPC-Zentauren

DER FEIND TAUCHTE nur eine Viertelstunde vor der geplanten Landung des Raumschiffs auf, was sich beinahe wie Hohn anfühlte. Minn-O La-Fins fünfzehnköpfige Soldatenstaffel, die am Abend zuvor eingetroffen war, hatte sich sofort in Deckung begeben und die gesamte frostige Nacht und die Hälfte des darauffolgenden Regentages in Position verharrt, aus Angst, sich mit einer einzigen unnötigen Bewegung zu verraten. Sie hatten gleich nach ihrer Ankunft in der Landezone nach versteckten Überwachungsgeräten gesucht, jedoch keine gefunden. Das hieß allerdings nicht, dass es keine solchen Geräte gab. In der felsigen Umgebung des Bergplateaus konnten Sensoren, die auf Bewegung und Geräusche reagierten, problemlos versteckt werden. Jede Bewegung und jedes Wort waren strengstens verboten. Von einem Lagerfeuer oder warmem Essen ganz zu schweigen. Zu viel hing von dieser Mission ab. Minn-Os Gruppe konnte es sich keinesfalls leisten, von Infrarotstrahlungsdetektoren erfasst zu werden oder die Aufmerksamkeit der aggressiven Zentauren zu erregen, die in diesem Spielknoten lebten.

Die High-Tech-Thermoanzüge, die alle Soldaten des Geschwaders trugen, waren an die Umgebungstemperatur angepasst und somit für Infrarotgeräte unsichtbar. Die dünnen, hautengen Anzüge vermochten ihre Träger jedoch nicht zu wärmen. Bei dieser Mission stand die Sicherheit aber über dem Komfortaspekt. Auch mit scharfem Auge waren die gut verborgenen Truppen kaum zu erkennen. Sie alle trugen Chamäleonumhänge, die schnell die Farbe wechseln und die Soldaten perfekt mit der Umgebung verschmelzen lassen konnten. Minn-O La-Fin überprüfte persönlich die Tarnung jedes Soldaten, bevor sie sich selbst einen Unterschlupf errichtete. Sie war zufrieden – von außen sahen sie alle aus wie große, zufällig angehäufte Kieselberge. In der umgebenden Landschaft fielen sie gar nicht auf. Neben der Ausrüstung spielte aber auch die Tarnfähigkeit eine gewisse Rolle. Alle Charaktere des Kommandoteams der Prinzessin, die den Klassen Scout, Saboteur, Assassine und Scharfschütze angehörten, mussten diese Fähigkeit besitzen. Minn-O selbst war von Beruf Kartografin, was ihr nicht nur einen größeren Sichtradius, sondern auch andere Fähigkeiten wie hohe Bewegungsgeschwindigkeit und gute Deckung bescherte. Die Prinzessin konnte sich viel besser zwischen den Felsen verstecken als viele ihrer Untergebenen.

Da, endlich, tauchten die Feinde auf. Ein wuchtiges, schwer gepanzertes Antigrav erschien auf der Ebene des Plateaus. Seine Triebwerke heulten vor Anstrengung, während das Vehikel der *Peresvet*-Klasse den steilen Abhang hochkletterte. Das erste dieser halb fliegenden, halb fahrenden gepanzerten Fahrzeuge war zum ersten Mal vor zehn Tagen in der Human-3-Fraktion gesichtet worden, eine unangenehme Überraschung für Minn-O und ihre Verbündeten. Auf das mobile Geländefahrzeug, gegen das Kleinwaffen praktisch keine Chance hatten, war auf einem sich drehenden Geschützturm eine respektable Hochgeschwindigkeitskanone montiert worden. Insgesamt stellte das Gefährt eine große Bedrohung dar. Vielleicht war es das Auftauchen des *Peresvets*, das die ärgerliche Niederlage in der Schlacht am Sturmdämonenfelsen erklären konnte. Aber diesmal gab es nichts zu diskutieren. Die feindlichen Kräfte würde man nicht noch einmal unterschätzen. Mittlerweile waren die Stärken und Schwächen des *Peresvets* bereits gut untersucht worden, und die Taktiken für dessen Eliminierung waren im blutigen Konflikt im Sumpf des Ostens weiterentwickelt worden.

Vier Soldaten der Ersten Legion sprangen aus dem geparkten Geländefahrzeug –

Elitekrieger der gegnerischen Fraktion. Sie alle waren Berufssoldaten und hatten ihre ohnehin schon tödlichen Fähigkeiten spürbar verbessert, indem sie im *Spiel, das die Wirklichkeit unterwirft,* ihre Kampffähigkeiten gelevelt hatten. Alle vier Soldaten marschierten in verschiedene Richtungen davon und sahen sich um. Einmal befand sich einer von ihnen nur sieben Schritte vom versteckten Assassinen aus Minn-O La-Fins Staffel entfernt, doch er konnte den getarnten Mörder immer noch nicht sehen. Das Herz der Prinzessin blieb vor Angst beinahe stehen, doch der feindliche Soldat marschierte vorbei, ohne den Gegner zu bemerken, der bereit war, sich sofort auf den Mann zu stürzen.

Schließlich erklärten sie das Gebiet für sicher, und der Soldat, der genau vor dem Assassinen stand, winkte und gab das Signal. Aus dem *Peresvet* sprangen drei weitere Personen, darunter ein großer, stattlicher Mann in einer gepanzerten Rüstung, deren Kraftfeld schimmerte. Die Prinzessin kannte ihn gut. Es war Ivan Lozovsky, ein offizieller Diplomat der feindlichen Fraktion. Seine Anwesenheit kam nicht unerwartet - der Diplomat war einer der wenigen Menschen, die die Sprache der außerirdischen Geckho-Rasse verstanden, und die bevorstehenden Verhandlungen mit den Händlern hingen weitgehend von ihm ab. Aber die beiden Spieler, die ihn begleiteten, sorgten bei

Minn-O La-Fin für einige Überraschung – ein Gladiatorenjunge und ein Heilermädchen, und sie gehörten nicht der Ersten Legion an. Ihre Level waren recht niedrig. Wer waren diese Leute, und was wollten sie hier?

„Das sind Freunde von Nat", ertönte die Stimme von Thumor-Anhu in ihren Kopfhörern. „Hallo, Minn-O. Ich habe beschlossen, die Operation mit einer Magiergruppe aus der Nähe zu beobachten. Beachte uns nicht – meine Magier werden nur dann eingreifen, falls deine Soldaten Hilfe brauchen sollten. Ich bin sicher, dass das nicht nötig sein wird."

Die Prinzessin versuchte, nicht überrascht zu wirken, denn die verbündeten Magier beobachteten nicht nur den Feind, sondern überwachten auch die Gedanken aller Anwesenden auf dem Plateau. Und wahrscheinlich hatte die Mitglieder des Magiergeschwaders, im Gegensatz zu Minn-O La-Fins Truppe, sich nicht zu Fuß durch sechs Spielknoten schlagen müssen, sondern waren irgendwo in der Nähe von einem fliegenden Antigrav abgesetzt worden. Das Mädchen ignorierte den Ärger, der in ihr hochkochte – ihre Soldaten hätten also auch nicht fast 24 Stunden lang durch Sümpfe und Wälder kriechen müssen, sondern hätten einfach eingeflogen werden können!

Nun verblieb nur noch ein Schütze im

Inneren des Geländewagens. Er saß an der automatischen Hochgeschwindigkeitskanone. Die Tür des Fahrzeugs war offen geblieben. Wie verlockend! Alle anderen Feinde waren in diesem Moment in ihrem Visier, und es wäre möglich …

„Bleib bei der Sache, Minn-O! Die Mission deiner Gruppe ist nicht die Eroberung feindlicher Fahrzeuge."

Ihr Großvater in seiner unendlichen Weisheit hatte wie immer recht. Sie sollte dem *Peresvet* jetzt keine Aufmerksamkeit schenken! Außerdem drang in diesem Moment ein seltsamer Ton, der irgendwo zwischen einem Pfeifen und einem Summen lag, aus der düsteren Wolkendecke und wurde mit jeder Sekunde lauter.

Bald erschien ein heller Fleck inmitten der tiefhängenden, grauen Wolken – das Glühen der Raumschiffmotoren. Die Händler waren eingetroffen!

Das Raumschiff tauchte aus den Wolken auf, senkte seine Landehilfen und setzte mit beeindruckender Präzision sanft auf dem Steinplateau auf. Das seltsam anmutende schmale, schlanke Flugzeug hatte jedoch keinerlei Ähnlichkeit mit den Geckho-Schiffen, die Minn-O im Raumhafen gesehen hatte.

Tiopeo-Myhh II
Miyelonischer Langstrecken-Abfangjäger

Miyelonisch? Das war eine ganz andere Weltraumrasse, und sogar theoretisch eine den Geckho feindlich gesinnte! Was taten diese Außerirdischen hier? Unter Minn-Os Gegnern entbrannte eine heftige Diskussion. Offenbar stellte man sich dieselben Fragen. Dann wurden die Raumschiffmotoren ruhiger. Sie verstummten nicht ganz, sondern gingen in einen weniger intensiven Modus über, und die Luke am Heck des seltsamen Fluggeräts wurde geöffnet.

Drei Wesen stolzierten aus der Öffnung: Zwei kurzhaarige Kreaturen, die wie große, auf ihren Hinterbeinen gehende Katzen aussahen, und ein Mensch. Minn-O erkannte ihn sofort, trotz der Distanz zwischen ihnen. Nat!

Gerd Nat.
Mensch.
Human-3-Fraktion
Level-56-Prospektor

56? Wie konnte das sein? Die Prinzessin erinnerte sich noch genau daran, dass er bei ihrem letzten Treffen einige Tage zuvor nur auf Level 30 gewesen war. Dazu hatte er, ohne großartig ins Schwitzen zu geraten, drei Spieler fertiggemacht hatte, darunter Minn-O, die zu diesem Zeitpunkt auf Level 51 gewesen war. Wie schnell hatte Nat seitdem Fortschritte gemacht! Außerdem trug er nun das Wort „Gerd" vor seinem Namen, was „geschätzt, respektiert" bedeutete. Minn-O selbst war gerade mal auf Level 53 und hatte keinen Status. Die Brust des Mädchens zog sich vor lauter schlechten Vorahnungen panisch zusammen. Sie spürte, dass auch ihre vierte Begegnung nicht zu ihren Gunsten enden könnte ...

„Jetzt wirf nicht die Nerven weg, Enkelin! Reiß dich zusammen! Befiehl den Soldaten, sich vorzubereiten. Wie bisher ist das Hauptziel das Geld. Nat ist zweitrangig. Fass die Miyelonier nicht an. Ich weiß nicht, was sie hier machen, aber wir brauchen jetzt wirklich keinen Konflikt mit einer so großen Weltraumrasse."

Währenddessen begrüßten die Mitglieder der Human-3-Fraktion ihren Spielerkollegen, schüttelten ihm die Hand und umarmten ihn. Der Diplomat verbeugte sich vor dem hochrangigen Charakter, und auch die viel stärkeren Soldaten der Ersten Legion zollten dem Gerd Respekt. Die Heilerin warf sich ihm um den Hals und küsste ihren gerade angekommenen Landsmann. Dieser stürmische, lange Kuss ließ Minn-O erahnen, dass die beiden mehr als nur Freunde waren. Wie glühende Nadeln bohrte sich Eifersucht durch ihr Herz, obwohl diese Regung ihr zugleich seltsam vorkam.

Gleichzeitig stiegen zwei weitere Miyelonier aus dem Raumschiff aus. Sie trugen gepanzerte Raumanzüge, waren bewaffnet und sahen angespannt aus. Sie quietschten etwas, oder miauten es eher, und sofort trat Ivan Lozovsky auf sie zu, begleitet von Nat. Sprach er tatsächlich ihre Sprache? Wie sich herausstellte, tat er das nicht. Die orangefarbene Katze, die als Erste an Nats Seite aus dem Schiff getreten war, beherrschte die Sprache der Menschen, und ihre Spielklasse erklärte auch, warum. Eine Übersetzerin. Und zwar auf keinem geringen Level!

Ayni Uri-Miayuu
Miyelonier.
Schweifsternrudel
Level-77-Übersetzerin

Die Verhandlungen dauerten nicht lange. Die Menschen und Miyelonier begannen bald, geschäftig umherzueilen – sechs schwere Kisten wurden aus dem großen Schiff gebracht und zum kleineren Antigrav geschleppt. Außerdem wurden einige Container aus dem Raumschiff geladen und auf dem Boden abgesetzt. Die Geschäftspartner überprüften den Inhalt der Container und initiierten den Austausch.

„Unsere Feinde bezahlen einen Teil der Lieferung nicht in Geld, sondern in Waffen und Gütern", erklärte der alte Magier, der die Verhandlungen ebenfalls mit Interesse beobachtete, seiner Enkelin.

Die Waren wurden zügig in die entsprechenden Fahrzeuge verladen, aber Ivan Lozovsky und die Miyelonier unterhielten sich mithilfe der flauschigen Übersetzerin weiter. Offensichtlich wollte man sich entweder besser kennenlernen oder handelte neue Geschäfte aus. Nun schien der Moment der Wahrheit gekommen zu sein. Minn-O befahl ihren Soldaten, sich bereitzumachen. Einer der Miyelonier zählte eine ganze Handvoll wertvoller, großer, roter Kristalle aus seiner Tasche und übergab sie dem menschlichen Diplomaten. Lozovsky verharrte eine Minute lang und zählte die unerhört hohe Summe erneut nach. Dann nickte er zur Bestätigung, dass alles seine Ordnung hatte. Zwei der Miyelonier eilten zum Schiff, aber die anderen beiden hatten es nicht eilig. Warum nur?

„Ich weiß es auch nicht", gab der alte Magier zu. „Offenbar werden diese beiden Miyelonier hierbleiben, aber in welcher Funktion? Das begreife ich nicht. Als Handelsvertreter ihrer Rasse hier auf der Erde? Unwahrscheinlich. Schließlich ist dies eine exklusive Wirtschaftszone der Geckho, und unsere Oberherren wären wohl kaum erfreut, Schmuggler einer anderen Rasse hier zu sehen. Oder sind es Geiseln, die garantieren sollen, dass das nächste Abkommen eingehalten wird?"

Da schaltete das Raumschiff seine Triebwerke auf Overdrive und schoss wie eine

Kugel in den wolkenbedeckten Himmel. Die beiden Miyelonier waren noch da …

„Nicht schlafen, Minn-O! Lozovsky geht mit den Kristallen auf den *Peresvet* zu. Lass ihn nicht wieder in das Panzerfahrzeug einsteigen!"

„Operation starten! Passt auf Lozovsky auf! Unter keinen Umständen töten!", brüllte Minn-O La-Fin.

Ihre Sorgen erwiesen sich als unbegründet. Jeder in ihrer Staffel wusste bereits genau, dass das Inventar eines Feindes nur dann ausgeraubt werden konnte, wenn er bewegungsunfähig oder bewusstlos war. Nicht tot. Die Spielalgorithmen beschränkten den Loot einer Leiche auf das, was diese droppte, und das war nicht unbedingt immer das, das in dieser Situation gebraucht wurde.

Minn-Os Kommandotruppen legten einen fulminanten Start hin. Die beiden Assassinen nutzten ihre Fähigkeit, aus der Ferne anzugreifen, und schlugen den ahnungslosen Feind nieder. Dann öffnete der Saboteur, der sich im Handumdrehen neben dem besiegten Feind befand, das Beutefenster und zog die wertvollen Kristalle in sein eigenes Inventar, noch bevor der gelähmte Körper des Diplomaten überhaupt zu Boden gefallen war. Erledigt! Der Saboteur nutzte die Verwirrung in den feindlichen Reihen, um schnell ein paar weitere wertvolle Gegenstände zu ergattern, die ihm ins Auge fielen. Dann zückte er seine Laserpistole und schoss sich in die Schläfe. Ein kalkulierter Selbstmord. Er würde später zusammen mit den Trophäen auf dem Gebiet seiner Fraktion respawnen. Die Hauptmission dieser Operation war abgeschlossen!

Der Rest von Minn-Os Truppen zögerte keine Sekunde. Sie eröffneten das Feuer auf Befehl ihres Kommandanten und machten keine Gefangenen. Für zwei Soldaten der Ersten Legion hieß es respawnen, bevor es ihnen überhaupt gelang, ihre Waffen zu erheben. Die Prinzessin hatte ihnen noch nicht befohlen, Nat anzugreifen, damit sie versuchen konnte, ihn am Ende der Schlacht lebendig zu fassen. Das sollte sich jedoch als ein Fehler erweisen.

Kaum eine Sekunde später erschien anstelle der Person in der standardmäßigen Kevlar-Jacke, die die Hälfte der gegnerischen Fraktion ebenfalls trug, ein Spieler in einem seltsamen, schwarzen Panzeranzug auf dem Schlachtfeld, der von einem starken Kraftfeld umgeben war. Zwei Schüsse aus dem furchterregenden Annihilator, den Nat schon auf der Fähre eingesetzt hatte. Zwei Treffer, zwei Leichen.

Auch die beiden Miyelonier legten sofort ihre Rüstungen an und statteten sich mit schimmernden Klingen aus. Die Geschwindigkeit dieser übergroßen Katzen und die Unvorhersehbarkeit ihrer Bewegungen waren für die Schwadron der Prinzessin eine unangenehme Überraschung. Sie waren wie lebende Fleischwölfe, die sich mit Lichtgeschwindigkeit fortbewegten! Und zu ihnen gesellte sich nun auch noch der Gladiator, der eine schimmernde, gebogene Klinge genau wie die der Miyelonier durch die Luft wirbelte. Aber das Schlimmste war der Kugelhagel, der nun folgte. Der *Peresvet* mit seiner automatischen Hochgeschwindigkeitskanone und die beiden überlebenden Soldaten der Ersten Legion, die sich hinter den Steinen versteckt hatten, eröffneten ein präzises, tödliches Feuer. Die Soldaten der Prinzessin knickten einer nach dem anderen ein wie Strohhalme, einschließlich der beiden weiter entfernten und scheinbar gut getarnten Scharfschützen. Wie war das möglich?

„Vermessungstechnische Fähigkeiten", sagte der Großvater, der das Feuergefecht beobachtete. „Der Verräter sagte uns bereits, dass Nats Charakter eine sehr hohe Wahrnehmung hat, sowie eine Reihe von Fähigkeiten, die ihm helfen, alles und jeden zu entdecken. Außerdem besitzt er die Targeting-Fähigkeit. Er findet sämtliche Schützen und markiert sie für seine Verbündeten."

In den Reihen des Feindes war das Heilermädchen gestorben, und die Scharfschützen der Prinzessin hatten Lozovsky beim Versuch, aufzustehen, erschossen. Das waren anscheinend aber die einzigen Verluste auf Seiten der Human-3-Fraktion. Das Geschwader der Prinzessin umfasste nun nur noch drei überlebende Soldaten, darunter Minn-O La-Fin selbst, und sie waren so dicht umzingelt, dass sie es sich nicht einmal leisten konnten, einen Zeh aus der Deckung zu halten.

„Thumor-Anhu, hilf mir! Ich brauche dringend magische Hilfe", wiederholte das Mädchen immer wieder verzweifelt in Gedanken. Minn-O wusste, dass diese Schlacht ohne magische Unterstützung verloren war.

Unter großem Risiko rollte sich das Mädchen hinter einen weiteren Steinhaufen und feuerte eine Reihe von Laserimpulsen auf Nat, gefolgt von einer Granate. Alles war umsonst. Er verfügte über einen gut ausgeprägten Gefahrensinn und huschte leichtfüßig aus dem Schussfeld des Lasergewehrs und dann aus der Schadenszone der Granatensplitter heraus. Konnte er überhaupt getötet werden? Es schien unmöglich! War es nicht an der Zeit, Selbstmord zu begehen, um nicht in die Hände des Feindes zu fallen und sich in die eigene Welt zu retten?

„Idiot! Das Wichtigste siehst du wieder nicht! Schau dir deine Soldaten an", bellte ihr Großvater.

Minn-O wirbelte herum und blickte zu dem riesigen Steinhaufen hinüber, hinter dem ihre letzten beiden überlebenden Verbündeten hatten in Deckung gehen sollen – und erstarrte. Anstatt weiter gegen die Human-3-Fraktion zu kämpfen, kämpften diese beiden gegeneinander wie Schuljungen. Sie hingen an den Beinen des jeweils anderen und verpassten einander Hiebe! Was zum Teufel war das nun wieder?

Da sah die Prinzessin, wie Nat ohne jede Deckung in der Mitte des Plateaus stand und mit der rechten Hand auf die raufenden Feinde zeigte. Es war ein allzu vertrautes Bild! Minn-O hatte schon oft erlebt, wie ihr Großvater die Kontrolle über die Gedanken von Dienern oder Feinden übernommen hatte. Bedeutete das, dass Nat ... ein Magier war? Aber wie? Schließlich galt es als eindeutig erwiesen, dass es in der alternativen Welt keine Magie mehr gab!

„Das ist genau richtig, Enkelin, du hast es endlich begriffen."

Der Kampf zwischen ihren Verbündeten war bereits beendet, und beide Soldaten waren tot. Nat verlor sofort jegliches Interesse an ihnen, drehte seinen Kopf unfehlbar in Richtung der verborgenen Minn-O und stierte sie an. Die kurze Schrecksekunde der Prinzessin war für ihn mehr als genug. Die Hand des Mädchens, die eine Granate umklammert hielt, öffnete sich von ganz allein, und der gefährliche Gegenstand fiel zu Boden, ohne hochzugehen.

„Großvater! Hilf mir!" Mit letzter Kraft presste Minn-O diesen verzweifelten Hilferuf hervor, doch er blieb unbeantwortet.

VON EINEM BENACHBARTEN Hügel sah der immer noch unsichtbare alte Magier gleichgültig zu, als seine einzige Enkelin entwaffnet und gefesselt wurde. Alles verlief genau nach Plan. Die Weltraumwährung, die sie abgefangen hatten, war nach allen Maßstäben eine riesige Summe. Der Feind würde sie zu spüren bekommen. Außerdem konnte er mit diesem Geld seine geliebte Enkelin jederzeit zurückkaufen. Aber es gab keinen Grund zur Eile. Schließlich war das eigentliche Ziel dieser Operation erst jetzt erreicht – Minn-O würde sich mit Nat treffen, der ihr sehr gut gefiel. Außerdem stand vor ihr in ihm ein Mann mit magischen Kräften, was ihn zu einem schneidigen Bräutigam in spe machte. Das sollte sie moralisch auf ihre Beziehung und eine Romanze vorbereiten. Der weise Magier hatte Vertrauen in die weiblichen Reize seiner schönen Enkelin und wünschte Minn-O von ganzem Herzen Erfolg.

Er vermutete, dass Nat schon bei ihrem ersten Treffen magische Fähigkeiten gehabt hatte. Damals hatte der erfahrene Psioniker versucht, die Kontrolle über die Gedanken seines unerfahrenen Gegners zu erlangen, und war gescheitert. So etwas passierte nicht grundlos, wenn man den großen Unterschied in den Intelligenz-Stats bedachte, von denen die Wahrscheinlichkeit eines erfolgreichen mentalen Angriffs abhing. Die Liste aller Spieler der Human-3-Fraktion, die sie eine Weile später vom Verräter erhalten hatten, mit detaillierten Angaben zu allen Charakteren, bestätigte, dass Nat nicht in der Lage gewesen sein sollte, sich dem mentalen Angriff zu widersetzen. Aber er hatte es getan! Das ließ nur eine Erklärung zu. Jeder Spieler, der potenziell zur Ausübung von Magie fähig war, besaß, selbst wenn die Chancen gering waren, eine Verteidigung gegen magische Effekte. Heute hatte der große Magier mit eigenen Augen gesehen, dass er recht gehabt hatte. Die magischen Fähigkeiten des Feindes waren stärker geworden und zeigten sich nun ohne jeden Zweifel.

Die noch immer gefesselte Minn-O wurde in den *Peresvet* verfrachtet und das gepanzerte Fahrzeug rollte in Richtung Human-3-Gebiet davon. Hier gab es nichts mehr zu sehen. Thumor-Anhu befahl seinen Dienern, ein Antigrav herbeizurufen, um nach Hause zurückzukehren. Die ihn begleitenden Magier aus den unteren Rängen verharrten in mürrischem Schweigen, da sie offensichtlich nicht verstanden hatten, was gerade geschah und warum ihr mächtiger Anführer nicht den Befehl gegeben hatte, sich in den Kampf einzumischen und die Prinzessin zu retten. Der alte Magier wollte ihnen nichts erklären, denn das war ausschließlich eine Angelegenheit der Familie La-Fin und hatte nichts mit den anderen zu tun.

Nach den Gesetzen ihrer Welt konnte Minn-O keinen Magier aus einer anderen großen magischen Familie als Bräutigam nehmen, ohne ihren hohen Titel und Namen als Mitglied der alten La-Fin-Linie zu verlieren. Nat war aber eine ganz andere Sache. Der erfahrene Magier hatte Nats Emotionen mehrmals gelesen und verstanden, dass ihm seine Enkelin nicht schlecht gefiel. Auch wenn es unmöglich war, Nat in ihre Realität zu bringen, behaupteten die allwissenden Geckho, dass ein im Spiel gezeugtes Kind unter bestimmten Umständen in die reale Welt gebracht werden könnte. Und die Propheten, mit denen sich der angesehene Mitregent Thumor-Anhu La-Fin in den letzten beiden Tagen unermüdlich besprochen hatte, garantierten zu beinahe 100 %, dass ein Kind, das aus einer solchen Liaison geboren wurde, magische Fähigkeiten besaß.

Genau das, was nötig war, um die Dynastie zu retten!

Ende

Neue Vorbestellungen!

Unterwerfung der Wirklichkeit LitRPG-Serie

Von Michael Atamanov:

Countdown

Bedrohung aus dem All

Spielwende

Weltengeflecht

Kräutersammler der Finsternis LitRPG-Serie

von Michael Atamanov:

Der Videospieltester

Hart am Wind

Falle für den Herrscher

Streben nach Verkörperung

Der Weg eines NPCs LitRPG-Serie

von Pavel Kornev:

Toter Schurke

Königreich der Toten

Nächstes Level LitRPG-Serie

von Dan Sugralinov:

Neustart

Held

Die letzte Prüfung

Knockout (mit Max Lagno)

Disgardium LitRPG-Serie
von Dan Sugralinov:
Gefahrenklasse A (Disgardium Buch #1)

Spiegelwelt LitRPG-Serie
von Alexey Osadchuk:
Der tägliche Grind - Im virtuellen Hamsterrad
Die Zitadelle

Vielen Dank, dass *Die Rettung der Dynastie* gelesen hast!

Weitere deutsche Übersetzungen unserer LitRPG-Bücher werden schon bald folgen!

Um weitere Bücher dieser Reihe schneller übersetzen zu können, brauchen wir Deine Unterstützung! Bitte schreibe eine Rezension oder empfehle *Die Rettung der Dynastie* Deinen Freunden, indem Du den Link in sozialen Netzwerken teilst. Je mehr Leute das Buch kaufen, desto schneller sind wir in der Lage, weitere Übersetzungen in Auftrag geben und veröffentlichen zu können.

Bitte vergessen Sie nicht, unseren Newsletter zu abonnieren:
http://eepurl.com/dOTLd1

Sei der Erste, der von neuen LitRPG-Veröffentlichungen erfährt!
Besuche unsere englischsprachen Twitter- und Facebook LitRPG-Seiten und triff dort neue sowie bekannte LitRPG-Autoren:
https://twitter.com/MagicDomeBooks

Deutsche LitRPG Books News auf FB liken:
facebook.com/groups/DeutscheLitRPG

Erzähle uns mehr über Dich und Deine Lieblingsbücher, schau Dir die neuesten Bücher an und vernetze Dich mit anderen LitRPG-Fans.

Bis bald!